Julius Stern

Beitrag zur Kenntnis der extraperitonealen Beckentumoren ...

Antigonos

Julius Stern

Beitrag zur Kenntnis der extraperitonealen Beckentumoren ...

Unveränderter Nachdruck der Originalausgabe von 1876.

1. Auflage 2024 | ISBN: 978-3-38699-365-4

Antigonos Verlag ist ein Imprint der Outlook Verlagsgesellschaft mbH.

Verlag: Outlook Verlag GmbH, Zeilweg 44, 60439 Frankfurt, Deutschland
Vertretungsberechtigt: E. Roepke, Zeilweg 44, 60439 Frankfurt, Deutschland
Druck: Libri Plureos GmbH, Friedensallee 273, 22763 Hamburg, Deutschland

BEITRAG
ZUR KENNTNISS DER
EXTRAPERITONEALEN
BECKENTUMOREN.

INAUGURAL-DISSERTATION

ZUR

ERLANGUNG DER DOCTORWÜRDE

IN DER

MEDICIN UND CHIRURGIE

VORGELEGT DER

MEDICINISCHEN FACULTÄT

DER

FRIEDRICH-WILHELMS-UNIVERSITÄT ZU BERLIN

UND

ÖFFENTLICH ZU VERTHEIDIGEN

AM 1. AUGUST 1876

VON

JULIUS STERN

AUS SOHRAU (OBERSCHLESIEN).

OPPONENTEN:

E. ADLER, Dr. med.
F. LEMKE, Dd. med.
H. RACINE, Dd. med.

BERLIN
A. J. OBST (GEORG MEYER), ADLERSTRASSE 14

Seinen theuren Eltern

in

Liebe und Dankbarkeit

gewidmet

vom

Verfasser.

Es giebt für den Chirurgen sowohl wie für den Gynaekologen gewiss kaum ein interessanteres Gebiet unserer Wissenschaft, als das der abdominalen Tumoren, um so mehr, als häufig die Diagnose derselben intra vitam durch manigfaltige Hindernisse erschwert, selbst unmöglich wird. Oft ist der Tumor der Sonde oder dem palpirenden Finger so schwer und unvollkommen zugänglich, dass man über seine Gestalt, Lage, Consistenz, Continuität mit benachbarten Organen u. s. w. sich nur in Vermuthungen ergehen kann. Da es sich — bei Frauen zunächst — in den meisten Fällen um Eierstocksgeschwülste handeln wird, so will ich auch diese zuvörderst nur in Betracht ziehen. Ich übergehe dabei die vielen Fälle, in denen eine beträchtlich vergrösserte Milz, die durch Urin sehr stark ausgedehnte Harnblase, Coprostasen, oder Fibrome des Uterus zu Verwechselungen mit Ovarialgeschwülsten Veranlassung gegeben haben. Bekannt ist es, dass zu wiederholten Malen eine kleinere Ovariencyste, die ihren Sitz im Douglas'schen Raume hatte, für den retrovertirten Uterus gehalten wurde, dass Ascites diagnosticirt wurde, wo es sich um eine mit einer beträchtlichen Flüssigkeitsmenge angefüllte

im Stande, auf das Täuschendste einen Tumor z[u]
simuliren, wobei der Ovarialhernie hinwiederum ein[e]
besonders hervorragende Rolle zufällt. Die Fest[-]
stellung der Diagnose wird in solchen Fällen vo[n]
der weittragendsten Bedeutung sein, weil man durc[h]
diagnostische Irrthümer zu einem operativen Eingri[ff]
bewogen werden kann, der die unheilvollsten Folge[n]
nach sich zieht. Ich nehme in meiner Arbeit specie[ll]
auf die Verhältnisse bei Frauen aus dem Grund[e]
Rücksicht, weil sie einerseits für diese in der Becken[-]
höhle entstandenen Neubildungen prädisponirt zu sei[n]
scheinen, und weil andererseits gerade bei ihnen des[-]
halb Verwechslungen derselben mit Hernien ziemlic[h]
häufig zur Beobachtung gekommen sind, und nich[t]
selten in Folge der falschen Diagnose zur Operatio[n]
geschritten wurde. So erzählt Casati[1]) einen Fal[l]
in dem eine linksseitige Leistenhernie durch ein[e]
Ovarialcyste gebildet wurde. Deneux[2]) operirt[e]
eine 42-jährige Frau im Puerperium, die eine in de[r]
Inguinalgegend befindliche Geschwulst hatte, welch[e]
ihr zwar keine besonderen Beschwerden machte, z[u]
deren Exstirpation man aber des sich verschlimmer[n]
den Allgemeinbefindens der Patientin wegen schreite[n]
zu müssen glaubte. Es fand sich in diesem Falle da[s]
Ovarium im Schenkelring eingeklemmt, auf demselbe[n]
sass eine nussgrosse Cyste. Brown[3]) berichtet eine[n]

---

[1]) Gazette méd. de Paris 1876, pag. 61.
[2]) Schmidt's Jahrbücher 1850, 65, pag. 193.
[3]) Assoc. Journal 1854, pag. 93.

icht weniger interessanten Fall, wo bei einer 54-jähri-
en Frau längere Zeit eine Drüsengeschwulst in der
Veiche bestand. Die Patientin bekam plötzlich hef-
ge Schmerzen im Unterleib verbunden mit allen
ymptomen einer Enteritis. Die vergrösserte Drüse
rar schmerzlos, eine Hernie neben derselben konnte
icht entdeckt werden. Da Kothbrechen auftrat, so
vurde zur Operation geschritten und nach der Exstir-
ation der Drüse erschien gerade hinter derselben
ine dunkelfarbige Darmschlinge. Es wurde die
ncarceration derselben beseitigt, die Patientin genas.

Desault[1]) operirte im Jahre 1789 in folgendem
'alle im Hôtel-Dieu in Paris:

Ein 12-jähriges Mädchen bemerkte in ihrer Weiche
ine an Grösse stetig zunehmende Geschwulst, die
er zuerst consultirte Arzt für eine Hernie erklärte.
)esault fand hierauf bei der Untersuchung einen
om Bauchring bis in die linke grosse Labie sich er-
treckenden Tumor, der schmerzlos und ziemlich be-
eglich war, auch sich beim Husten zu vergrössern
hien. Da alle diese Momente für das Bestehen
iner Hernie sprachen, so versuchte er die Reposition,
ie aber nur theilweise gelang. Als man ausserdem
and, dass die Geschwulst durchsichtig war und deut-
ch Fluctuationsgefühl darbot, so erklärte sie Desault
ür eine Cyste (hydatide) und rieth zur Operation.
och zwei andere währenddem befragte Aerzte hiel-
en den Tumor ebenfalls für einen Bruch, doch ent-

---

[1]) Desault, Chirurg. Wahrnehm., Bd. II, p. 54.

schloss sich die Mutter der Patientin, da derselbe immer grösser wurde, die von Desault proponirte Operation vornehmen zu lassen. Es fand sich bei derselben ein mit der Haut nur durch lockeres Gewebe verbundener Sack, der bei seiner Punction etwa ein Glas voll Flüssigkeit entleerte. Das Peritoneum hatte an der Bildung des Sackes keinen Antheil. Interessant war der Umstand, dass an der Stelle, wo der Sack den Bauchring berührte, eine kleine Geschwulst zum Vorschein kam, die beim Schreien grösser wurde. Sie wies sich als das von den Därmen vorgetriebene Peritoneum aus und erklärte so die Zunahme der Geschwulst beim Husten.

Diese Fälle mögen zur Genüge beweisen, wie schwierig es mitunter ist, die Sachlage richtig zu erkennen und zu beurtheilen. Die Entscheidung, ob ein Tumor, ob eine Hernie vorliegt, wird sich hauptsächlich darauf stützen müssen, ob der Percussionston rein tympanitisch ist (Intestinalhernie), ob er absoluten Schenkelschall giebt (Tumor), oder ob er gedämpft tympanitisch erscheint (theilweise gefüllte Darmschlingen). Auch darauf wird natürlich viel Gewicht zu legen sein, ob die Geschwulst sich vollständig, theilweise, oder gar nicht reponiren lässt, ob bei der Reposition gurrende Geräusche wahrnehmbar sind u. s. w. Auch die Palpation ist mit grosser Sorgfalt auszuführen, da sie mitunter sehr wichtige Aufschlüsse giebt. Ein viel Bruchwasser enthaltender Bruchsack kann ebenso leicht verwechselt werden mit einem aus sehr weichem Gewebe bestehenden Tumor

wie ein Tumor etwa eine mit Faecalmassen prall angefüllte Hernie vortäuschen kann. Man wird wohl
auch in keinem Falle unterlassen dürfen, die etwaige
Durchsichtigkeit der vorliegenden Geschwulst zu prü-
fen, da dieselbe in manchen Fällen ein werthvolles
Moment zur Stützung der Diagnose abgeben dürfte.

Was die Differential-Diagnose zwischen Tumoren
und Ovarialhernien anlangt, so wird man nach vielen
Beobachtungen, die darüber vorliegen, seine Aufmerk-
samkeit hauptsächlich darauf richten müssen, ob die
Geschwulst zur Zeit der Menstruation sich vergrössert
und empfindlich wird, welche beiden Symptome mit
Sicherheit auf eine bestehende Ovarialhernie schliessen
lassen. Die Vergrösserung bildet sich nach stattge-
habter Menstruation nicht zurück, die auftretenden
Schmerzen haben das Eigenthümliche, dass sie stets
nach dem Uterus hin ausstrahlen. Sehr ausgesprochen
und constant beobachtet war dieser Symptomencomplex
in mehreren von Wulzinger[1]) mitgetheilten Fällen,
welche Beobachtungen auch von Englisch[2]) in
ihrem vollen Umfange bestätigt werden. Ausserdem
kann in vielen Fällen eine Ovarialhernie ausgeschlossen
werden, wenn man, wie dies fast stets gelingt, die
normalen Ovarien per Rectum (Simon'sche Methode)
palpiren kann.

Im Allgemeinen ist die Literatur weit reicher an
den Fällen, in denen Hernien, seien es reine oder com-
plicirte, zur Beobachtung und Operation kamen, als

---

[1]) Bair. aerztl. Intelligzbl. 36, 37.
[2]) Wochbl. der Wien. Aerzte 1868.

an solchen, wo es sich um aus der Beckenhöhl
stammende Geschwülste handelte, die oft die täu
schendste Aehnlichkeit mit Brüchen darbieten, beson
ders wenn sie auf demselben Wege, wie diese, an di
Oberfläche gekommen sind.

Simpson[1]) hat ein grosses Fibroid, welches tie
zwischen Vagina und Rectum — nach seiner Au
fassung — hineinwucherte und seinen Hauptsitz a
der rechten Hinterbacke und Schamlippe hatte, m
grosser Mühe exstirpirt. Bei aller angewandten Voi
sicht war jedoch eine Verletzung des Rectums b
der Ablösung des Tumors von demselben nicht z
vermeiden; doch genas die Patientin nach glücklic
überstandener Peritonitis.

Ich möchte im Gegensatz zu der Simpson'sche
Auffassung die Ursprungsstelle des Fibroms in di
Höhle des kleinen Beckens verlegen und annehmen
dass es seiner Hauptmasse nach sich von hier aus i
der Richtung nach dem Labium majus und Perineun
hin entwickelt habe. Diese Annahme gewinnt noc
in hohem Maasse an Wahrscheinlichkeit dadurch, das
in ganz analogen Fällen, die ich in Folgendem mi
theilen will, diese Art der Entstehung und des Wach
thums der Geschwülste mit Sicherheit nachgewiese
werden konnte.

Es reihen sich diese Fälle, die mir durch di
Güte des Herrn Geheimrath von Langenbeck zu
Veröffentlichung überlassen worden sind, in mehr a

---

[1]) Brit. med. Journ. 26, pag. 80.

einer Beziehung den interessantesten, bisher beobachteten, an, um so mehr, als ihr Vorkommen, wie
es scheint, zu den grössten Seltenheiten gehört.

I. Fall (Fig. I). Frl. Theodore von Z., 20 Jahre
alt, aus Posen, will bis vor drei Jahren immer gesund
gewesen sein; auch ist Patientin noch jetzt von blühen-
dem und frischem Aussehen. Vor drei Jahren (im
Jahre 1851) stiess sie sich in der Nacht beim Auf-
stehen gegen eine Stuhllehne, wobei das Labium majus
der rechten Seite getroffen wurde, an welchem sich bei
der Untersuchung ein Blutextravasat von der Grösse
einer Haselnuss zeigte. Die Geschwulst nahm an
Wachsthum allmälig zu und erregte Drucksymptome,
insbesondere seitens der Harnblase. Im Jahre 1853
machte der behandelnde Arzt die Punction des Tumors mit einem feinen Troikart und entleerte eine
weissliche klare Flüssigkeit, welche sofort gerann.
Eine neue Punction mit einem stärkeren Troikart
entleerte nur wenig Flüssigkeit; durch die Canüle
drang eine Gebärmuttersonde $\frac{1}{2}$ Elle hoch in den
Bauch hinauf. In dem letzten Jahre (1853—1854)
soll die Geschwulst an Umfang nicht wesentlich mehr
zugenommen haben.

Am 3. Mai 1854 kam die Patientin nach Berlin.

Status praesens: mannskopfgrosse Geschwulst im
Bereiche des rechten Labium majus und Perineum.
Der Tumor hat die Form eines Flaschenkürbis und
ist, wie dieser, zweigetheilt, etwa in der Mitte etwas
abgeschnürt. Das untere Ende der Geschwulst steht
dicht oberhalb des Kniegelenks; die Einschnürung

befindet sich im Niveau des Tuber ischii. Der In
troitus vaginae ist gegen die Innenfläche des linker
Oberschenkels gedrängt. Man dringt schwer durch
denselben ein und findet die Vagina verengt durch
die Geschwulst, welche sich an der rechten Seite der
selben in die Beckenhöhle fortsetzt. Das Orificium
ani steht hervorgedrängt, wie auf der Höhe des Tu
mors und ist gegen das Tuber ischii der rech
ten Seite gewendet. Der Mastdarm ist in gleicher
Weise durch die Geschwulst verengt, deren fluctui
rend-elastische Masse man per Rectum durchfühlt
Der Tumor nimmt das Perineum und den unterer
hinteren Theil des Labium majus dextrum ein. Die
Apertura externa canalis inguinalis ist frei, und die
Geschwulst durch den Leistencanal nicht herabgestie
gen. —

Die Consistenz der Neubildung ist elastisch-fluctui
rend; durch Druck kann dieselbe auf die Hälfte ihres
Volumens reducirt oder vielmehr verdrängt werden
dann schwillt der Bauch in gleichem Verhältniss an
Das Abdomen ist aufgetrieben, giebt bei der Per
cussion matten Ton bis zum Nabel und bietet eben
falls undeutliche Fluctuation dar. Uebt man i
der Richtung von oben nach unten einen Druck au
den Bauch aus, so lässt dieser die Geschwulst bi
über das Niveau des Kniegelenks nach abwärts treten

23. Juni 1854. Es wird die Punction der Ge
schwulst vorgenommen, wobei nur wenige Tropfer
einer weisslichen Flüssigkeit sich entleeren lassen.

An demselben Tage wurde die Exstirpation vor

Herrn Geheimrath v. Langenbeck ausgeführt. Die Ablösung derselben von Vagina und Rectum war sehr schwierig, gelang jedoch vollkommen; ebenso liess sie sich ohne besondere Hindernisse aus der Beckenhöhle hervorziehen. Nur ein kleiner Rest des Tumors, welcher mit dem Peritoneum verwachsen war, musste zurückgelassen werden.

Die Geschwulst erwies sich als bestehend aus weichen Bindegewebs-Massen, in welchen einzelne Cystenräume sich eingelagert fanden.

Der Operation folgte in den ersten Tagen eine leichte peritoneale Reizung, die durch Eisüberschläge und Einreibungen mit Ungt. ciner. erfolgreich bekämpft wurde. Es trat dann eine profuse Eiterung ein, welche bis zum October allmälig abnahm.

Am 1. December 1854 war die Heilung vollendet. Bei ihrer Abreise von Berlin zeigte weder die Palpation noch die Percussion des Abdomens abnorme Verhältnisse; Rectum und Vagina sind in die normale Lage zurückgekehrt.

II. Fall (Fig. 2): Frau M., 36 Jahre alt, aus Berlin, wurde am 21. November 1875 in das jüdische Krankenhaus hierselbst aufgenommen. Patientin litt in ihrer Jugend an einer Unterleibsentzündung, seitdem war sie gesund. Im 14. Jahre wurde sie zum ersten Male menstruirt; seitdem kehrte die Menstruation stets regelmässig wieder. Seit 5½ Jahren verheirathet, abortirte sie zweimal in früher Zeit der Schwangerschaft; bei dem zweiten, vor 1½ Jahren erfolgten Aborte hatte sie eine profuse Blutung. Seitdem leidet

sie an Fluor albus, dabei sind die Menses regelmässig
aber in letzter Zeit sehr gering. — Seit ungefähr
einem Jahre zeigte sich eine kleine Geschwulst am
Damme, mit der sich gleichzeitig Urinbeschwerden
einstellten. Patientin musste bis zu einer Viertelstunde
drängen und konnte auch dann den Urin nur tropfen-
weise entleeren; dieser Zustand hat sich bislang er-
halten. Ausserdem ist Patientin obstruirt und hat
stets starkes Drängen zum Stuhlgang; in der vorigen
Woche fand eine geringe Blutung aus dem Mastdarm
statt. Im Leibe sind öfters krampfartige Schmerzen
aufgetreten, und diese Beschwerden, in Verbindung
mit dem Gefühle grosser Mattigkeit, veranlassten sie
das Krankenhaus aufzusuchen.

Status praesens: Patientin ist ein gesund aus-
sehendes, kräftig gebautes Individuum, mit stark aus-
gebildetem Panniculus adiposus; ihre Brustorgane
sind gesund, Milz und Leber normal, das Abdomen
ist sehr aufgetrieben und gespannt. Die Palpation
der Bauchorgane ist wegen des sehr starken Fett-
polsters fast unmöglich; Druck auf die rechte, sowie
auf die linke Fossa iliaca ist schmerzhaft; der Percussionston über derselben giebt rechterseits einen
dumpferen Schall wie links; auch über der Symphyse ist das Abdomen auf Druck etwas empfindlich. — Ein etwa zwei Faust grosser Tumor drängt
sich auf der rechten Seite des Perineums zwischen
Schamlippen und der inneren Seite des Oberschenkels
hervor. Er ist von eiförmiger Gestalt und von normaler Haut überzogen, die glatt über demselben auf-

gespannt ist. Die Schleimhaut der rechten Vaginalwand wird durch die Geschwulst nach aussen etwas
vorgedrängt. Von hinten betrachtet, sieht der Tumor
aus wie eine stark hypertrophische Glutaeal-Gegend;
am After bemerkt man einzelne leicht blutende Rha-
gaden. Bei der Palpation ergiebt sich, dass die Haut
nirgends mit dem Tumor verwachsen ist, die Oberfläche ist glatt, man kann stellenweise eine Kapsel
durchfühlen, die mässig prall gespannt ist. Die Consistenz desselben ist festweich, elastisch, Fluctuation
an keiner Stelle mit Sicherheit nachzuweisen; Druck
auf denselben ist etwas empfindlich. Geht man mit
dem Finger in die Vagina ein, so fühlt man die
Falten der rechten Wand verstrichen, die ganze
rechte Wand hervorgewölbt; durch dieselbe hindurch
palpirt man eine elastisch weiche Masse, die sich
hinauf verfolgen lässt bis zum Fornix. Der Uterus
ist hoch hinaufgedrängt, so dass man ihn nur mit zwei
Fingern erreichen kann, und beweglich; die Portio
vaginalis ist klein. Bei der Untersuchung per Rectum
fühlt man die Geschwulstmasse deutlich durch.

Am 23. November wurde die Patientin abermals
untersucht, das Ergebniss dieser Untersuchung war
folgendes:

In der Rückenlage präsentirt sich eine Geschwulst
auf der rechten Seite, welche von der Gegend des
oberen und mittleren Drittels des Labium majus
schmal beginnend und breit nach innen zulaufend
bis zu den Nates reicht. Die Gestalt des Tumors ist
birnförmig, seine Oberfläche nicht ganz eben, sie

zeigt zwei Niveau-Einsenkungen neben drei Niveau
Erhebungen. Nimmt man die Labia minora ausein
ander, so treibt die Geschwulst die rechte Vaginal
wand hervor. Beim Husten wird der ganze Tumor
welcher sich elastisch, nicht fluctuirend anfühlt, prallen
ohne dass sich mit Sicherheit eine bleibende Ver
grösserung desselben nachweisen liesse. Mit dem
Finger in die Vagina eingehend, fühlt man einen ge
spannten cylindrischen Strang von der Geschwuls
aus neben der rechten Vaginalwand nach oben ziehen
bis hinter die Stelle, wo der Ramus horizontalis ossi
pubis mit dem Ramus descendens zusammenstösst
daselbst constatirt man, dass der Strang hinter einer
scharfrandigen Bogen in das grosse Becken tritt. I
der Knie-Ellbogenlage lässt sich die Geschwulst einig
Finger breit hinter den Anus verfolgen.

Am 28. November klagte Patientin über Durch
fall und Schmerzen im Kreuz. Ordin.: Extract. Op
0,03 am Vormittag.

An demselben Tage wurde die Exstirpation dur
Herrn Geheimrath von Langenbeck vorgenomme
Nachdem die Patientin chloroformirt war, wurde ei
etwa 6 Ctm. lange Incision gemacht. Schon in g
ringer Tiefe drängen sich Geschwulsttheile aus d
Schnittfläche hervor. Dieselben sind glatt, glänzen
elastisch anzufühlen, so dass sie eine grosse Aeh
lichkeit mit Darmschlingen darbieten. Dieselben w
den, da auch die Percussion absoluten Schenkelschall
giebt, angeschnitten; sie erweisen sich als eine fe
elastische, aus concentrisch schichtähnlichen Lag

bestehende Masse. Der Tumor ist mit seiner binde-
gewebigen Hülle in das Fettgewebe ziemlich fest
hineingewachsen, hat ausserdem so viele Fortsätze
dass seine Ablösung sowohl von diesem, als auch von
der Vaginal- und Rectalwand grosse Schwierigkeiten
macht. Nur die Schleimhautwandungen beider bleiben
zurück, keine wurde verletzt. Die Geschwulst sendet
ihren obersten Ausläufer, welchen man als Strang
durch die Vagina hindurch gefühlt hatte, hoch in das
kleine Becken hinauf. Durch straffes Anziehen der
Tumor-Masse konnte dieselbe gänzlich exstirpirt werden; scheinbar wurde nichts Krankes zurückgelassen.
Es schien so, als ob die Geschwulst an einem Stiele
sässe, der sich an zwei Stellen in dieselbe einsenkte,
diese beiden wurden unterbunden und abgeschnitten.
Eine geringe Anzahl von Arterien spritzte, die Blutung war im Ganzen eine mässige, doch musste die
Arteria pudenda unterbunden werden. Nach Ausfül-
lung der ganzen Wundhöhle mit Charpie wurde ein
Compressiv-Verband angelegt. — Während der Operation wurde Patientin tief asphyktisch, konnte aber
wieder zum Leben zurückgerufen werden; der Puls
blieb aber seitdem äusserst klein, sodass nur sehr
vorsichtig und wenig Chloroform angewendet werden
konnte. Patientin erhielt nach der Operation Ungar-
wein und Extr. Opii, doch musste sie sich bis in die
Nacht hinein erbrechen; das Erbrechen stand auf Anwendung von Eis und Citronensäure nicht, erst nach
0,015 Extr. Opii hörte es auf. Der Puls war sehr klein,
das Abdomen weich und nicht schmerzhaft.

29. November 1875, Morgen: Patientin hat nicht geschlafen, doch fühlt sie sich im Ganzen etwas wohler; wesentliche spontane Schmerzen sind nicht vorhanden; der Leib ist aufgetrieben, aber nicht schmerzhaft, der Puls etwas besser als gestern.

T. 38,2. P. F. 120. R. F. 32.

Abend: Der Verband wird abgenommen, nach Einlegung eines Drainrohrs in die Wunde wird dieselbe mit Aq. chlori ausgespritzt, worauf ein Verband mit Acyd. salicyl. angelegt wird. Stuhlgang ist nicht erfolgt.

T. 38,6. P. F. 124. R. F. 28.

30. November 1875: Patientin hatte Nachts einen mässig starken Frost, der mehrere Stunden lang anhielt; sie hat etwas geschlafen. Spontane Schmerze fehlen, Schmerzhaftigkeit des Abdomens bei Druck ist nicht vorhanden. Bei der Entfernung des Verbands zeigt sich, dass das Verbandzeug einen üblen Geruch hat. Die Eiterung ist mässig; die Wunde selbst klafft weit auseinander, sieht sehr unrein aus und ist mit schmutzig gelben Fetzen belegt. Ausserdem hat sich bei der Patientin, die etwas verfallen aussieht, icterische Färbung der Haut und Conjunctiva eingestellt; ihre Zunge ist belegt, Stuhlgang nicht erfolgt.

Ordin.: Sol. acid. muriat. 2,0 : 150,0.

M.: T. 38,8. P. F. 100. R. F. 28.

A.: T. 39,2. P. F. 120. R. F. 30.

1. December 1875. Patientin klagt über etwas Schmerzhaftigkeit im untersten Theile der Wunde, dieselbe sieht sehr missfärbig aus, ihr nur mäs-

reichlich abgesondertes Secret ist übelriechend. Zunge belegt, nicht sehr trocken; Stuhlgang ist nicht erfolgt. Ordin.: Sol. acid. phosphor. 4,0:200,0 — Ol. Ricini.

Am Abend sind zwei Stühle erfolgt; gleichzeitig hat sich die Menstruation eingestellt.

M.: T. 39,4. P. F. 120. R. F. 32.
A.: T. 39.6. P. F. 124. R. F. 34.

2. December 1875. Die Menstrualblutung hat aufgehört, Patientin blutet leicht aus der Nase; der Puls ist sehr niedrig, seine Welle wenig gespannt. Die Zunge stark belegt, aber trocken; ein Stuhlgang ist erfolgt. Schlaf war nur wenig vorhanden. Das Aussehen der Wunde bleibt fortgesetzt missfarben, nirgends dringen Granulationen hervor; viele Stellen derselben sind von sich abstossenden Gewebsfetzen belegt. Spontan ist keine wesentliche Schmerzhaftigkeit vorhanden. In der Tiefe hat sich die Wunde soweit geschlossen, dass das Drainrohr nicht tief eingeführt werden kann.

M.: T. 38,6. P. F. 124. R. F. 32.
A.: T. 59,4. P. F. 130. R. F. 34.

3. December 1875. Patientin hat wenig geschlafen, fühlt sich aber im Ganzen etwas wohler, die Zunge ist belegt, Appetit fehlt. Stuhlgang ist nicht erfolgt. Die Wunde reinigt sich an den Rändern, daselbst dringen blassrothe Granulationen hervor. Oberhalb der Symphyse und in der Regio iliaca dext. äussert Patientin auf tiefen Druck ziemlich heftigen Schmerz.

M.: T. 38,4. P. F. 120. R. F. 36.

A.: T. 38,8. P. F. 120. R. F. 34.

Ord.: Infus. radic. Rhei 5,0:180,0.

5. December 1875. Die Wunde ist zum grössten Theile noch fetzig belegt, missfarbig, ziemlich reichlich Eiter secernirend. An den Rändern schiessen Granulationen in grösserer Ausdehnung hervor.

Ord: Pinselungen mit Tct. Myrrhae, Hydropathische Umschläge, Verband mit Kampherwein und Kamillenthee.

Die Temperatur hielt sich in den beiden letzten Tagen zwischen 38,0—38,6.

7. December 1875. Patientin hat etwas Appetit, die Zunge sieht weit weniger belegt aus. Die Eiterung ist stärker geworden, die Granulationen haben eine sehr blasse Farbe; ein nicht unbeträchtlicher Theil der Wunde hat sich jedoch noch nicht gereinigt.

In den nächsten Tagen schwankten die Morgentemperaturen zwischen 38,0—37,6, die Abendtemperaturen zwischen 38,8—38,2.

Am 11. December war Patientin des Morgens vollständig fieberfrei (T. 37,0), Abends betrug die Temperatur 38,0.

Am 12. December sieht die Wunde fast vollständig gereinigt aus, granulirt überall, ihr Aussehen ist etwas blass, die Eiterung stark. Der Appetit is mässig gut. Die Granulationen werden mit einer 5% Lösung von Argent. nitr. bepinselt. Abendtemperatur 38,2, des Morgens ist Patientin fieberfrei.

19. December. Die Wunde granulirt gut. Bei tief in die Scheide eingeführtem Finger lässt sich durch Druck auf die linke Vaginalwand etwas Eiter durch die Wunde entleeren. In den folgenden Tagen überschreiten die Morgentemperaturen die physiologischen Grenzen nicht, sind öfter sogar subnormal; die höchste abendliche Exacerbation betrug 38,2.

20. December. Die Wunde granulirt gut, verkleinert sich und klafft nur noch mässig; die eine Wand ist etwas aufgeworfen. Es wird ein Heftpflasterstreifen-Verband applicirt.

Patientin ist von nun an auch des Abends völlig fieberlos.

24. December. Die Wunde schreitet in der Granulation allmälig vorwärts, verkleinert sich aber nur langsam. Im hintersten Wundwinkel werden zwei Epidermisstückchen implantirt.

26. December. Der Verband, der die transplantirten Stücke fixirte, ist beim Stuhlgang fortgerissen worden; das eine Stück haftet noch, scheint aber nicht adhaerent zu sein. Es wird die Wunde mit Cupr. sulfur. (1,0:30,0) bepinselt.

3. Januar 1876. Patientin ist fortgesetzt fieberfrei und ohne subjective Beschwerden. Die Wunde verkleinert sich zwar, aber sehr langsam; sie wird mit Tct. Myrrhae bepinselt.

6. Januar. Die Granulationen sehen viel frischer und röther aus; die Patientin befindet sich wohl.

14. Januar. Die Vernarbung der Wunde schreitet

langsam vorwärts; die Wunde wird mit Sol. arg. nitr. bepinselt.

15. Januar. Es werden sechs Epidermisstückchen auf dem rechten Wundrande implantirt und ein Verband mit Heftpflasterstreifen angelegt. Am 18. Januar wird dieser Verband entfernt. Einige Stückchen scheinen zu haften.

19. Januar. Drei Epidermisstückchen sind haften geblieben und von einem Narbenkreise umgeben.

21. Januar. Der Narbenhof um die eingeheilten Epidermisstückchen vergrössert sich.

Am 25. Januar wurde, da die Vernarbung wieder einen Stillstand gemacht hatte, ein Verband mit Ungt. praecipitat. rubr. angelegt.

1. Februar 1876. Die Vernarbung ist nicht weiter vorwärts geschritten; auch hat sich kein Epidermisstückchen vergrössert. Da die Wundränder einander gegenseitig drücken, die Wundfläche infolgedessen zu glatt erscheint, so werden die Ränder distrahirt und in dieser Stellung durch Heftpflasterstreifen fixirt. Ausserdem wird Patientin auf Rollen gelagert, um durch dieselben eine Compression auf die Wunde auszuüben.

In den nächsten Tagen machte die Heilung und Vernarbung der Wunde stetige Fortschritte, so dass Patientin am 21. Februar mit sehr verkleinerter Wunde entlassen werden konnte.

Am 15. Mai stellte sich Patientin wieder vor. Die Exstirpationswunde ist vollständig geheilt. Durch die rechte Scheidenwand hindurch palpirt man einen

Narbenstrang, der dieselbe Bahn innehält, in welcher der frühere Tumor verlief. Der Uterus ist in toto nach rechts gezogen, dabei laterovertirt, sodass der Körper nach rechts, der Muttermund nach links sieht.

III. Fall. (Fig. 3.) Dieser Fall, den ich selbst zu beobachten Gelegenheit hatte, betrifft Frau S., Schmiedsfrau aus Hirschdorf. Die Patientin ist 36 Jahre alt und will in ihrer Jugend sich stets der besten Gesundheit erfreut haben. In ihrem 18. Jahre trat die erste Menstruation ein, die sich von diesem Zeitpunkte ab stets regelmässig und schmerzlos wiederholte. Seit neun Jahren ist Patientin verheirathet; im zweiten Jahre ihrer Ehe gebar sie zum ersten Male; in den darauf folgenden beiden Jahren kam sie noch zwei Mal nieder. Alle drei Geburten erfolgten spontan, ohne dass ärztliche Hülfe in Anspruch genommen wurde. Vor sechs Jahren bemerkte Patientin zuerst an ihrem Perineum eine wallnussgrosse Geschwulst linkerseits neben der Vagina, welche während ihrer zweiten und dritten Gravidität an Umfang zunahm und weder im Beginn, noch im weiteren Fortschritt der Entwickelung mit Schmerzen verknüpft war. Doch stellte sich mit der grösseren Volumenszunahme des Tumors, der nach dreijährigem Bestehen die Grösse eines Mannskopfes erreicht hatte, bei der Patientin das Gefühl des Ziehens nach unten ein, als fiele ihr etwas von innen heraus. Vor etwa drei Jahren trat auch ein Tumor in der linken Inguinalgegend auf, der ebenfalls durch rasches Wachsthum ausgezeichnet war und zunächst seitens des behandelnden

Arztes für eine Femoralhernie erklärt wurde. Die Patientin giebt an, in den letzten sechs Monaten auch die Bildung einer Geschwulst in der Bauchhöhle wahrgenommen zu haben.

Im Januar dieses Jahres cessirten die Menses; zu gleicher Zeit empfand sie das Gefühl, als wäre die linke untere Extremität abgestorben; es blieb hingegen jede Druckerscheinung auf Harnblase und Mastdarm aus. Am 26. April 1876 liess sich die Patientin der zunehmenden Beschwerden wegen in die hiesige Universitäts-Klinik aufnehmen.

Status praesens: Patientin ist ein mässig gut genährtes Individuum mit gelblicher Hautfarbe, schwacher Musculatur und geringem Panniculus adiposus. Das seiner starken Ausdehnung wegen sofort in die Augen fallende Abdomen bietet folgende Verhältnisse dar: Die Entfernung der Spinae Il. anter. super. von einander beträgt 34 Ctm., die der Cristae 52 Ctm., die der Symphyse vom Process. ensiformis 28 Ctm. Bei Druck auf den Unterleib äussert Patientin keinerlei Schmerzempfindung, oberhalb des Nabels fühlt sich derselbe weich-elastisch an, unterhalb desselben palpirt man eine nach oben deutlich abgrenzbare, sich quer über die ganze Breite des Abdomens flächenartig erstreckende Auftreibung, die sich weich, fast fluctuirend anfühlt und nach oben hin mit einem leicht abgerundeten Rande endet; die Bauchdecken über derselben sind vollkommen verschiebbar. Die Auscultation ergiebt überall am Abdomen ein mit der Respiration isochrones Geräusch; unter

halb des Nabels hört man an einer etwa handteller-
grossen Stelle ein mit der Herzsystole zusammen-
fallendes, hauchendes Geräusch, das erheblich ab-
geschwächt wird, wenn Patientin die rechte Seitenlage
einnimmt. Die Percussion ergiebt, mit Ausnahme
der Regio epigastrica und beider Lumbalgegenden,
in denen man Darmton constatirt, überall matten
Schall. — In der linken Inguinalgegend besteht eine
mannskopfgrosse, rundliche, weiche, elastische Geschwulst, die sich an einem schlanken Stiel in das
Becken hinein verfolgen lässt, und auf welche beim
Husten eine Fortleitung des Exspirationsstosses vom
Abdomen aus stattzufinden scheint. Am Perineum
präsentirt sich ein zweiter, dem genannten an Umfang nichts nachgebender, ebenfalls gestielter Tumor,
dessen Hauptmasse sich vom Damm aus in die Glu-
täalgegend erstreckt, und hier wie ein mächtiger,
leicht beweglicher Polyp herabhängt, der sich andererseits an der Aussenseite der Vagina, unmittelbar
in das Becken hinein verfolgen lässt. Die linke seitliche, zum Theil auch die hintere Vaginalwand, ist
vorgedrängt und mit convexer Oberfläche medianwärts vorgewölbt. Der Uterus steht sehr hoch und
hat eine geringe Dislocation nach rechts erfahren;
das Rectum ist nach unten vorgetrieben, die Analöffnung befindet sich an der Innenseite der Geschwulst.
Die Consistenz beider äusseren Tumoren ist sehr
weich, undeutlich fluctuirend. Wenn man den Perinealtumor gegen den Becken-Ausgang drückt, so
scheint der tastenden Hand der Bauchtumor in der-

selben Richtung nach oben zu rücken; bei Percussionsschlägen nimmt man deutlich die Fortsetzung der Pseudofluctuation von dem einen auf den anderen wahr. Bei der nach Simon vorgenommenen Rectaluntersuchung constatirt man, dass der neben der Scheide nach aussen vordrängende Perinealtumor nach innen, längs der Innenfläche der linken Seitenwand des kleinen Beckens sich nach dem grossen Becken hin fortsetzt und in der Beckenhöhle continuirlich übergeht in einen flach ausgebreiteten, bis zur Regio mesogastrica ragenden Tumor. In der rechten Hälfte des kleinen Beckens, neben dem Uterus palpirt der untersuchende Finger eine faustgrosse Geschwulst. Der erheblich vergrösserte Uterus lässt sich nach beiden Seiten hin von dem Beckentumor abgrenzen, nach oben jedoch ist sein scharfer Rand nur undeutlich von der querliegenden Hauptgeschwulst zu trennen. Die Ovarien sind sehr deutlich zu fühlen und man kann mit Sicherheit constatiren, dass dieselben normal sind und in keinem Zusammenhange mit der Geschwulst stehen. Die Brustorgane, wie auch Milz und Leber, zeigen keine Anomalien; der Harn ist eiweissfrei.

Durch den beträchtlichen Umfang und durch die Grösse der Geschwülste ist Patientin seit Monaten bereits unfähig, ihrer häuslichen Beschäftigung nachzugehen und der Wirthschaft in wünschenswerther Weise vorzustehen. Beim Stehen ermüdet sie, wie dies leicht erklärlich ist, sehr schnell, beim Gehen wird sie, da die Tumoren in Mitbewegung gerathen und bei jedem Schritte abwechselnd an die vordere und hintere Schenkelfläche stossen, in der unangenehmsten Weise belästigt. Die Rückenlage ist ihr der Perinealgeschwulst, die Bauchlage des Inguinaltumors wegen unerträglich, und auch die Seitenlage bereitet ihr, da die Tumoren sich auf die betreffende Seite, auf die sie sich lagert, ihrer Schwere nach senken, sehr grosse Unannehmlichkeiten.

Was nun die Diagnose betrifft, so liess sich hiernach annehmen, dass die drei verschiedenen Geschwülste des Perineum, der Inguinalgegend und der Bauchhöhle einer gemeinsamen Neubildung angehörten. Die Ovarien und das Rectum mussten als Ausgangspunkt derselben ausgeschlossen werden; die genügende Berücksichtigung der differentiell-diagnostisch wichtigen Punkte ergab, dass der in der Leistengegend befindliche Tumor keine Hernie sein könne. Der Uterus konnte als Entstehungsort der Neoplasmen kaum betrachtet werden, da er seitlich vollkommen von demselben abzugrenzen war; nur für seinen oberen Rand musste die Möglichkeit irgend welcher Verbindung mit dem Tumor, etwa durch Adhaerenzen, offen gelassen werden. So blieb denn nur noch die Wand des Beckens mit dem retroperitonäalen Bindegewebe übrig, und es konnte letzteres mit Wahrscheinlichkeit als der Entstehungsheerd der Geschwulst angesprochen werden.

Man stand jetzt, da die Patientin, die mittlerweile drei Wochen in der Anstalt weilte und ungeduldig geworden war, darauf drang, sie ihrer zunehmenden Beschwerden zu entheben, vor der wichtigen Frage, ob eine Operation in diesem Falle zulässig sei oder nicht; darüber konnte natürlich kein Zweifel walten, dass nur durch einen operativen Eingriff der Zustand der Patientin zu einem erträglichen umgestaltet werden könne. Nach dem Befunde der wiederholt und auf das sorgfältigste angestellten Untersuchungen, nach der aus denselben festgestellten Wahrscheinlichkeits-Diagnose konnte man sich freilich nicht verhehlen, dass von einer Radicaloperation, d. h. von einer totalen Exstirpation des Tumors keine Rede sein könne; man hätte sonst zu den bedeutenden äusseren Wunden auch noch die Laparotomie hinzufügen müssen. Man hatte constatirt, dass beide äusseren Tumoren sich mit Stielen in die Bauchhöhle fortsetzten, man hatte Kenntniss von der innerhalb der Bauchhöhle bestehenden Geschwulst, die vielleicht mit dem Uterus in Verbindung stand, und man konnte sich demnach auf das Bestimmteste der Hoffnung begeben, dass es gelingen würde, den Tumor vollständig aus der Becken- resp. Bauchhöhle zu entwickeln, etwa wie es in den vorigen Fällen möglich gewesen war. Es drängte sich ausserdem die gewiss nicht zu unterschätzende Gefahr in den Vordergrund, dass in der durch die Operation geschaffenen Wundhöhle durch erschwerten Abfluss und Stagnation der Wundsecrete leicht Verjauchung eintreten könne und dass die Fortleitung der Entzündung von dem Jaucheheerde aus eine schwere Peritonitis im Gefolge haben müsse. Man konnte schliesslich noch

als ein die Operation contraindicirendes Moment anführen, dass Patientin möglicherweise gravida sei.

Wenn nach alledem auch zugestanden werden
kann, dass man von einer Radicaloperation unter allen
Umständen Abstand nehmen musste, so waren doch
die sonstigen Beschwerden der Patientin so bedeutend,
dass man die Pflicht hatte ihrem Drängen nachzugeben
und ihren Zustand durch ein symptomatisches Verfahren, durch eine partielle Exstirpation, erträglicher
zu machen. Man konnte ausserdem, sei es, dass man
unter antiseptischen Cautelen operirte und die Nachbehandlung nach Lister'schen Prinzipien leitete, sei es,
dass man die offene Wundbehandlung vorzog, durch
eine ausgiebige Drainage den Secreten genügenden
Abfluss aus der Wundhöhle schaffen und so einer
umfangreichen Verjauchung aus dem Wege gehen.
Auf den Umstand, dass Patientin gravida sein konnte,
glaube ich kein allzugrosses Gewicht legen zu sollen.
Sie hatte dann bis zu ihrer Niederkunft noch 6—7 Mo-
nate vor sich, bis zu welcher Zeit eine vollständige
Heilung hätte erreicht werden können; ausserdem wird
durch vielfache Erfahrungen die Beobachtung bestätigt,
dass Operationen, die bei Schwangeren in der Gegend
der Genitalien vorgenommen werden, keinen unmittel-
baren Anlass zum Abortus geben. — Die Gegenwart
der Tumoren hatte zwar merkwürdigerweise auf
Blase und Rectum keine Druckerscheinungen hervor-
gebracht, doch waren die sonstigen durch dieselbe
bedingten Beschwerden so gross und mannigfaltig,
dass die Befreiung der Patientin von denselben allein

schon eine hinreichende Indication für die partielle Exstirpation abgab.

Ich führte bereits vorher an, dass die Patientin sich in der unglücklichen Lage befand, weder längere Zeit hindurch gehen, noch stehen oder liegen zu können; wenn man ferner noch dem Umstande Rechnung trägt, dass die Geschwülste Compressionserscheinungen auf die Nerven der unteren Extremitä ausübten, und der Patientin das unangenehme Gefühl des Abgestorbenseins der Füsse bereiteten, so glaube ich, wird man, unter Zusammenfassung aller dieser Momente, die partielle Exstirpation, als ein symptomatisches Mittel, für genügend motivirt und ihre Berechtigung in vollem Umfange aufrecht erhalter müssen. Am 19. Mai wurde infolgedessen die Exstirpation des inguinalen Theils des Tumor von Herrn G. R. v. Langenbeck vorgenommen. Es wurde die Geschwulst mit einem grösseren oberen, nach unten convexen und mit einem kleineren, fast geraden Schnitte blosgelegt und das durch die Schnitte umschriebene Hautstück fortgenommen. Schon in geringer Tiefe sprangen Theile derselben aus der Wundfläche hervor. Nachdem die Geschwulst zunächst von der Haut abprärirt war, wurde durch Anwendung eines mässigen, stetigen Zuges ein 4—5 Ctm. langes Stück des Stieles aus der Bauchhöhle hervorgezogen. Derselbe wurde ganz allmälig getrennt, jedes einzelne spritzende Gefäss sofort unterbunden, alsdann fand seine Unterbindung in toto statt. Die sich nach der fossa iliaca sinistra hin erstreckende

Schnittfläche wurde vor ihrer Reposition in die Beckenhöhle mit ferrum candens cauterisirt, weil so die
Gefahr, dass sich von hier aus eine umfangreiche
Necrose und Jauchung bilde, geringer erschien. Es
zeigte sich, dass der Weg, den dieser Theil der
Geschwulstmasse nach aussen hin genommen hatte,
genau dem der Hernia femoralis entsprach. Mit den
grossen Schenkelgefässen, namentlich der Vena femoralis, die blosgelegt werden müsste, war er nur lose
verbunden, sodass er von derselben ohne besondere
Schwierigkeiten abpräparirt werden konnte; die Vena
saphena wurde unterbunden. Der Blutverlust der
Patientin während der Operation, die bis zu ihrer Vollen-
dung $1\frac{1}{2}$ Stunden in Anspruch nahm, war im ganzen
ein geringer. Die Operation selbst wurde ohne antiseptische Cautelen ausgeführt; die Vereinigung durch
Suturen wurde der grossen Spannung der Haut wegen
unterlassen, für die Nachbehandlung wird die offene
Wundbehandlung in Aussicht genommen.

Nach der Operation wird die Patientin in einem
geeigneten Schwebeapparate gelagert, um so jeden
Druck auf den Perinealtumor zu vermeiden und einer
Gangraenescenz desselben in Folge des anhaltenden
Druckes vorzubeugen.

20. Mai. Patientin klagt über Schmerzen in der
unteren Abdominalgegend; es wird daselbst eine Eis-
blase applicirt und Ugt. hydrargyr. cin. eingerieben
M. T. 39,2. A. T. 40,2.

22. Mai. Das Befinden hat sich im Wesentlichen

nicht geändert; Patientin ist ohne besondere Beschwerden.

M. T. 39,6. A. T. 40,8.

23. Mai. Patientin abortirt plötzlich während des Verbandwechsels bei der Morgenvisite. Die Verhältnisse des Embryo lassen auf ein 3 — 4-monatliches Alter desselben schliessen.

M. T. 40,1. A. T. 40,2.

24. Mai. Es wird die etwas weit nach vorn liegende Placenta, die am gestrigen Tage weder auf äusseren Druck, noch auf mehrere Gaben Secale cornutum folgen wollte, manuell entfernt. Patientin klagt, abgesehen von Schmerzen in der unteren Abdominalgegend, die spontan auftreten, über Appetitlosigkeit; die stark belegte Zunge, ebenso die Lippen sind trocken. Die antiphlogistische Behandlung. zur Bekämpfung der Schmerzhaftigkeit des Abdomens wird fortgesetzt.

M. T. 40,3. A. T. 39,8.

25. Mai. Die gastrischen Erscheinungen bestehen in gleicher Weise fort. Die Wundfläche bietet ein ziemlich reines Aussehen dar; hingegen hat sich am hinteren Theile der Haut des Perinealtumors, trotz der Entlastung durch den Schwebeapparat, venöse Stase eingestellt, die im Laufe des Tages noch zunimmt. Einzelne Stellen derselben zeigen eine schmutzig-bläuliche Färbung.

Ordinat.: Wein. Bleipflasterverband.

M. T. 40,2. A. T. 40,3.

In den nächsten Tagen bleibt das Allgemeinbe

finden der Patientin, trotzdem die Wunde bei der täglichen Reinigung und Behandlung ein zunehmend besseres Aussehen gewinnt, gleich schlecht. Appetit fehlt, die Zunge ist trocken und mit einem starken Belage überdeckt, die Lippen sind borkig. Die verdächtigen Stellen des Perinealtumors haben eine schwarz-blaue Farbe angenommen. Ausserdem klagt Patientin über Schmerzen in der Gegend des rechten Schultergelenks, die nach dem Ergebniss der Untersuchung von einem Leiden des Gelenks selbst nicht abgeleitet werden können.

26. Mai: M. T. 40,1. A. T. 39.

27. Mai: M. T. 38,6. A. T. 40,2.

28. Mai: M. T. 39,6. A. T. 40.

29. Mai: M. T. 39,8. A. T. 40,1.

30. Mai. Es ist keine wesentliche Aenderung in dem Befinden der Patientin eingetreten. Da man auf Druck aus der Fossa iliaca sin. neben dem Stiele eine geringe Menge von Eiter herausdrücken kann, so wird ein starkes Drainrohr nach dieser Richtung hin eingeführt; die Haut am Perinealtumor gangränescirt stellenweise.

M. T. 39,2. A. T. 40,2.

1. Juni. Da die Hautgangrän an der perinealen Geschwulst bedeutend an Umfang zugenommen hat, so müssen grössere Fetzen der Haut mit der Scheere abgetragen werden. Das Allgemeinbefinden der apathisch daliegenden Patientin hat sich verschlimmert. Die Wunde, sowie die gangränescirende Parthie, werden nach wie vor sehr sorgfältig behandelt; zur

Erhaltung der Kräfte werden der Patientin in letzter Zeit Roborantia gereicht.

Am 2. Juni Abends 8 Uhr trat unter zunehmendem Collapsus, heftiger Dyspnoe, und unter leichten blanden Delirien der Exitus lethalis ein. Von dem Sectionsbefunde führe ich Folgendes an:

Etwas über mittelgrosse Frau mit verhältnissmässig schmalem Becken; der untere Thorax-Ausgang relativ ausgeweitet, sodass die Cristae oss. il. nur ein Unbedeutendes über denselben herausragen. In der rechten Schultergegend eine geringe Anschwellung; die Mammae etwas flach. Die Haut am ganzen Körper von stark ins Bräunliche ziehendem Colorit; dasselbe ist am meisten ausgesprochen in der Schultergegend beiderseits, die unteren Extremitäten sind relativ frei davon, auch die Schamtheile nur in geringem Grade daran betheiligt. Die Augen beiderseits tief eingesunken, an den Lippen und an der Ansatzstelle der knorpligen Nase an die knöcherne, eine ausgesprochene livide Färbung. An der Haut des Rückens zahlreiche, confluirende Todtenflecke; am ganzen hinteren Beckenumfang findet sich eine diffuse lichtbraune Pigmentirung der Haut. Die Haut an sich ist ziemlich dünn, wenig elastisch, das subcutane Fettgewebe schwach entwickelt, von citronengelber Färbung, die Muskulatur hat eine schöne fleischrothe Farbe.

Das Abdomen erscheint im Ganzen flach, die rechte Hälfte des Unterleibs, bis etwa 1 Ctm. vom Rippenbogen in der Mammillarlinie und etwa 3 Ctm.

vom Proc. ensiform., erscheint durchweg etwas voller als die linke.

Beginnend von dem Lig. Poupartii linkerseits, über das nach unten ein beweglicher Hautlappen herüberhängt, liegt, sich schräg von oben und aussen nach innen und unten, über die ganze vordere Fläche des Schenkels erstreckend — ein 8 Ctm. breiter und 23 Ctm. langer Defect vor, der bis auf die Muskeln, resp. in der Mitte bis auf die grossen Schenkelgefässe reicht. Die blosliegenden Muskeln erscheinen durchaus trocken, die Gefässe bis nach der fossa iliaca hinauf überdeckt von einem frischen Blutcoagulum; nach dessen Entfernung kommt eine missfarbige, schmutzig grünlich gefärbte, z. Th. mit fetzigem Gewebe bedeckte Fläche zum Vorschein, die sich, wie die Sondirung zeigt, durch eine etwa kinderfaustgrosse Oeffnung nach der fossa iliaca sin. hinein erstreckt. Die grossen Labien sind etwas ödematös; aus der Schamspalte heraus wölbt sich, über die Medianlinie zum grossen Theil herüber, die linke seitliche Vaginalwand vor und aus der Genitalspalte heraus. Vom Tuber ischii sin. medianwärts, über das Perineum hin, nach hinten bis zum Steissbein, nach unten bis zum Trochanter major sich erstreckend, befindet sich ein mit breiter Basis aufsitzender, über mannskopfgrosser, rundlicher, leicht beweglicher Tumor, der zum grösseren Theil noch von intacter Haut bedeckt ist, z. Th. fehlt dieselbe völlig und ist durch eine etwas missfarbig aussehende Wundfläche ersetzt; an anderen Stellen ist die noch erhaltene Bedeckung gangränös. Die Analöffnung ist etwas vorgetrieben, nach unten gerückt und befindet sich an der Innenseite der erwähnten äusseren Geschwulst. Letztere lässt sich in continuo, sich allmälig verschmälernd, längs der linken Seitenwand der Vagina hin nach innen in die Beckenhöhle verfolgen und erstreckt sich offenbar tief in das kleine Becken hinein, indem der links, seitlich von der Vagina befindliche Theil, die vorerwähnte Vorstülpung der seitlichen Scheidenwand bedingt. Die Masse der Geschwulst ist von sehr weicher, in sich leicht verschiebbarer, hier und da von fast fluctuirender Consistenz.

Schädelhöhle: Regelmässig gebauter, mesocephaler Schädel, von mittlerer Dicke, relativ leicht; die beiden compacten Tafeln verhältnissmässig dünn, Diploë reichlich entwickelt, rechts von der Medianlinie, in der Gegend der grossen Fontanelle mehrfache, ungewöhnlich tiefe Gruben. Dura von mittlerer Spannung und Blutgehalt, am hinteren Theile der Sinus wenig geronnenes Blut, im vorderen ein schlankes Fibringerinnsel. Die rechte Innenfläche der Dura glatt und feucht, an der linken Hälfte, entsprechend der Oberfläche des Scheitellappens, eine dünne Lage eines gallertigen, mit zahlreichen Haemorrhagien durchsetzten Exsudats. Pia zu beiden Seiten der grossen Längsspalte ödematös, am stärksten an der rechten Seite, auf der Oberfläche des Hinterlappens. Der Liquor cerebro-spinalis ist in ziemlich reichlicher Quantität vorhanden, die grossen Sinus der hinteren Schädelgrube stark bluthaltig. An der Basis nichts abnormes; die Gefässe zart und dünnwandig. Am vorderen Rande des Oberwurms eine starke Verdickung und gelbliche Färbung der Pia. Die Hirnventrikel sind von normaler Weite, in der Glandula pinealis reichlicher Hirnsand. Das Gehirn selbst von guter Consistenz, mittlerem Blutgehalt; die venösen Gefässe in der weissen Hirnsubstanz sind relativ stark mit Blut gefüllt; Heerderkrankungen sind nicht vorhanden.

Bauchhöhle: Zwerchfellstand rechts am unteren Rande der V. Rippe, links im V. Intercostalraum. Bei Eröffnung des Abdomens findet sich der rechte Leberlappen nach oben gedrängt, der linke liegt, ebenso wie der Magen und das Colon, an normaler Stelle. Der grösste Theil des Dünndarms ist zusammengedrängt in die obere Hälfte der Regio mesogastrica; hier befindet sich auf der rechten Seite das ungewöhnlich bewegliche Coecum, linkerseits ein Theil der an langem Mesocolon befestigten Flexura sigmoidea. Die untere Hälfte der Reg. mesogastr. ziemlich genau abschneidend mit der Höhe des Nabels, ebenso wie die Reg. hypogastr., ist eingenommen von einer, über die ganze Breite des Abdomens sich erstreckenden, flach ausgebreiteten Geschwulst mit ziemlich gleichmässiger planer Oberfläche und nach oben leicht abgerundetem Rande. Ganz unten, nach der Symphyse hin, wird die vordere Oberfläche der Geschwulst zu ganz geringem Theile bedeckt von der etwas nach hinten vorgeschobenen, ausgedehnten, mit ziemlich viel trübem, ammoniakalisch riechenden Harn angefüllten

Harnblase. Beim Zurückschlagen der Bauchwandun;
in der Gegend des Poupart'schen Bandes reisst ein«
Adhaesion, die hier zwischen dem Tumor und de;
Bauchwand existirt, und es ergiesst sich aus dem ent|
standenen Loch, anscheinend von der fossa iliaca her|
ein Strom rahmigen Eiters.

Die vorliegende Geschwulstfläche ist überzoge:
von der glatten, feuchten, spiegelnden Peritonealhaut|
die nur auffällt durch ihre ungewöhnlich starke un«
dichte Vascularisation und durch die starke Füllun;
ihrer Gefässe mit Blut. Bei genauerem Zusehen finde:
man in der linken Hälfte der Geschwulst zahlreich«
subperitoneale, zum Theil mit durchscheinender;
seröser Flüssigkeit, zum Theil mit Eiter gefüllt:
Lymphgefässe. Rechterseits ist davon nichts zi
sehen. In Cavo abdominis frei eine geringe Quanti
tät durchaus klaren strohgelben Serums.

Der erheblich vergrösserte Uterus, vollständi;
in das grosse Becken hinaufgezogen, liegt etwas nacl
rechts von der Medianlinie, zwischen der Blase nacl
vorn und der breiten Geschwulstfläche nach hinten
Zwischen der hinteren Blasen- und der vorderer
Uteruswand, zum Theil noch seitlich in die foss«
iliaca sich hin erstreckend, zarte fibrinöse Auflage:
rungen. Hinter der linken Hälfte der abdominaler
Geschwulst, die sich mit einem zungenförmigen Fort|
satze noch nach oben erstreckt in die Reg. hypochondr
sin., bis zur Flexura coli secunda und hier mit den
Dickdarm und dem Netz eine ziemlich ausgedehnte
frische Verklebung, an einer Stelle auch eine strang;

förmige Verwachsung zeigt, liegt der grösste Theil der flex. sigmoid. und die Uebergangsstelle des in dieselbe scharf umbiegenden Colon descendens. Das Ovarium mit der etwas geschwollenen, stark gerötheten Tube liegt rechts in der foss. iliac.; links befindet es sich, mit dem Uterus in die Höhe gezogen und an sich erheblich vergrössert, fast unmittelbar hinter der Bauchwand, neben der Medianlinie.

Der Haupttheil des nunmehr emporgehobenen Tumors hat eine im Ganzen kuchenförmige, im Längsdurchmesser 34 Ctm., im grössten Höhendurchmesser 10,5 Ctm., im Dickendurchmesser 5 Ctm. messende Gestalt, am meisten vergleichbar in Bezug auf seine Form etwa der Milz eines Pferdes, so gelagert, dass der grösste Längsdurchmesser quer zur Längsaxe des Körpers liegt; gewissermassen commissurartig sich im mittleren Theile verschmälernd, entfaltet er sich symmetrisch nach beiden Seiten in die Breite. Mit diesem Tumor in Continuität befindet sich eine die ganze linke kleine Beckenhälfte ausfüllende Geschwulstmasse, die an der linken Seitenwand des Beckens in die fossa iliaca sin. hinaufkriechend, einen etwa pyramidenförmig gestalteten Fortsatz entsendet, der in der Höhe des Poupartschen Bandes ziemlich plötzlich aufhört und eintaucht in einen vollständig abgekapselten, etwa wallnussgrossen Eiterheerd, in welchem der Ausgang der linken Tube frei flottirend schwimmt. Unmittelbar an der medianen Fläche dieses Fortsatzes befindet sich das auf das Doppelte, namentlich im Dickendurchmesser vergrösserte Ovarium, dessen

soitliche Fläche ebenfalls von dem Eiterheerd ein-
geschlossen wird. Aus der Tiefe des kleinen Beckens
steigt, mit der dort befindlichen Geschwulst in continuirlichem Zusammenhange, ein weiterer besonderer
Abschnitt der Geschwulst in das grosse Becken
rechterseits herauf, in Form und Grösse durchaus
ähnlich einer menschlichen Zunge. Endlich ein letzter
flacher Geschwulstausläufer befindet sich, mit dem
Beckentumor ebenfalls in continuirlichem Zusammenhange, von der Grösse etwa der Palma manus,
medianwärts im Zusammenhange mit dem linken
Rande der Blase, unmittelbar hinter der vorderen
Bauchwand in der Reg. hypogastr. sin. Nach unten,
d. h. nach dem Beckenausgang, lässt sich die Haupt-
geschwulstmasse des kleinen Beckens, von der die
oben erwähnten Aussendlinge abgehen, in continuo
verfolgen nach dem vorher beschriebenen, umfangreichen, äusserlich sichtbaren Tumor des Perineum
und der Nates.

Soweit sich der innerhalb des Beckens und der
Abdominalhöhle befindliche Theil der Geschwulst
übersehen lässt, die — beiläufig gesagt — in Bezug
auf ihre Consistenz am meisten zu vergleichen ist
einer atelectatischen menschlichen Lunge, so haftet
derselbe nirgends der inneren Wand des Periosts des
Beckens an, sondern ist leicht von demselben ab-
präparirbar, und ist an der der Abdominalhöhle zu-
gekehrten Fläche durchweg überzogen von der Peritonealhaut. Der Ueberzug lässt sich, soweit derselbe
gegen den Darm hin sich erstreckt, überall verfolgen

in die Mesenterien, resp. in die Serosa des Darms
selbst, nach der Fossa iliaca beiderseits, in den serö-
sen Ueberzug derselben, nach dem Uterus und der
Blase hin in den peritonealen Ueberzug dieser Organe,
soweit er vorhanden ist, ebenso wie in die, beide
vordere und hintere Uterustaschen auskleidende Parthie des Peritoneum parietale. Von der vorerwähnten missfarbigen Wundfläche in der Gegend der
Schenkelbeuge links, gelangt man hinter dem Peritoneum in die fossa iliaca, und der Finger fühlt hier
eine weiche, fetzige, etwa Blutcoagulis vergleichbare
Masse, von der sich eine im höchsten Grade übelriechende Flüssigkeit abstreifen lässt.

Der Uterus ist etwa doppelt so gross als normal,
fühlt sich weich an; unter der Serosa, sowohl an der
vorderen als an der hinteren, sieht man zahlreiche,
mit dickem Eiter gefüllte Lymphgefässe, ebenso in
der ganzen Muscularis des Körpers. In der Uterus-
höhle findet sich eine übelriechende, anscheinend eitrige
Flüssigkeit, die Schleimhaut ist im Ganzen glatt; an
der vorderen Wand, sich gegen den Cervix herunter-
erstreckend, die Placentarstelle. Die breiten Mutter-
bänder, von denen das linke nach vorne erheblich
verkürzt ist, erscheinen sonst normal.

Beide Eierstöcke sind stark serös durchfeuchtet;
das bedeutend vergrösserte linke Ovarium enthält ein
Corpus luteum verum. Eine ganze Kette strang-
förmiger, mit Eiter gefüllter Lymphgefässe lässt sich
auch an dem subserösen Gewebe, an dem nach oben
gekehrten freien Rande und der hinteren Fläche des

vorerwähnten, quer über die Regio mesogastrica gelegenen Tumors erkennen. Die Tuben sind beiderseits etwas geröthet, die linke, von der oben erwähnt,
dass sie in einem abgekapselten Eiterheerde frei flot-
tirt, enthält flüssigen Eiter.

Die Synchondrosen des Beckens sind sehr stark
gelockert, sodass sie bei mässig forcirten Bewegungen
desselben mit Leichtigkeit getrennt werden können.
Was die Qualität des den Tumor bildenden Gewebes
anlangt, so besteht derselbe aus einer sehr reichen,
fast fluctuirenden, viel eiweissartige, farblose Paren-
chymflüssigkeit enthaltenden und zum Theil sehr ge-
fässreichen Masse von schlottriger, an einzelnen Stellen fast zitternder Consistenz, und lässt sich innerhalb desselben immer eine Zahl von grossen parallelen
Gewebszügen, eine Art Faserbündel erkennen. Die
mikroskopische Untersuchung ergiebt ein an eiweiss-
haltiger Intercellularsubstanz sehr reiches, lockeres
Bindegewebe, dessen Züge in gerader Richtung ver-
laufen. Die einzelnen Bindegewebsbündel sind durch
weite Interstitien von einander getrennt; in dem Gewebe findet sich eine reichliche Anzahl von Spindel-
zellen, hie und da auch vereinzelte Körnchenzellen.
Die Gefässe, die in verhältnissmässig geringer Menge
sich vorfinden, sind klaffend und ausgezeichnet durch
ihre stark verdickten Wände; elastische Fasern finden
sich in nur sehr geringer Menge vor.

Den übrigen Leichenbefund führe ich nur ganz
kurz an; es fand sich: Endocarditis chronica mitralis;
Emphysema pulmonum; Struma gelatinosa; Ulcera

ventriculi; Hyperplasia lienis; Atrophia granularis renis dext, Hyperplas. renis sin, Haemorrhagiae renis succenturiat. sinist.

Fassen wir den lehrreichen und interessanten Befund, wie ihn die Section uns an die Hand giebt, unter besonderer Berücksichtigung der Punkte, die den in Frage stehenden Tumor betreffen, zusammen, und vergleichen damit die Anhaltspunkte, die wir durch unsere Beobachtung und Untersuchung der Patientin intra vitam erlangt hatten, so finden wir, dass die bei der Lebenden gestellte Diagnose im Wesentlichen von der Autopsie bestätigt wurde. Es handelte sich in der That um einen von der Beckenhöhle ausgegangenen Tumor, der einerseits zwei Fortsätze nach aussen entsandte, von denen sich der eine nach dem Perineum hin senkte, während der andere in der Inguinalgegend äusserlich zum Vorschein kam, und andererseits mit zwei Stielen in continuirlichem Zusammenhange stand mit zwei im grossen Becken gelegenen, vom Peritoneum überzogenen Parthieen der Geschwulst. Ausserdem verdanken wir dem Leichenbefunde ein höchst wichtiges Moment, über das wir bis dahin im Unsicheren geblieben waren; er giebt uns nämlich den ausserordentlich wünschenswerthen Aufschluss über den Ort und die Art der Entstehung des Tumors; und ausgerüstet mit diesen Kenntnissen sind wir nunmehr unter Zuhülfenahme der anamnestisch hierher gehörigen Momente im Stande, uns ein vollkommenes und richtiges Bild zu machen über den Entwicklungsfortgang und Verlauf der Neubildung. Diese nämlich nahm, dem anatomischen Befunde nach, wahrscheinlich ihren Ausgangspunkt von der kleinen Beckenhöhle, und zwar von dem das Os sacrum umgebenden lockeren Bindegewebe aus. Im weiteren Verlaufe ihres Wachsthums folgte ein extraabdominaler Theil derselben der Richtung des linken M. lenator ani und senkte sich an der Innenseite dieses Muskels bis auf den Beckenboden herab, um in der Perinealgegend äusserlich sichtbar zu werden, während ein anderer, ebenfalls extraabdominaler Abschnitt, längs der inneren Wand des kleinen Beckens nach oben zog und über die Mm. psoas und iliacus internus hinweg an der Eminentia ileo-pectinea und dem Ramus horizontalis ossis pubis nach aussen umbog, um nunmehr an der Seite der grossen Schenkelgefässe den analogen Weg wie eine Hernia cruralis zu verfolgen und in der Inguinalgegend an die Körperoberfläche zu treten. Ein dritter, intraabdominaler Theil der Geschwulst entfaltete sich vollständig innerhalb der Höhle des grossen Beckens, zunächst wesentlich links, weiterhin auch in den Hauptraum der eigentlichen Bauchhöhle gelangt, beiderseits nach der Regio mesogastrica hin, zum Theil nach der Lendengegend ausstrahlend, wobei er das Peritoneum vor sich herschob; dieses, da es zur Bedeckung in seiner natürlichen Grösse nicht ausreichend gewesen wäre, erzeugte sich zum Theil über diesem Geschwulstabschnitt neu, blieb aber natürlich in continuirlichem Zusammenhange mit dem ursprünglichen. Ein letzter Fortsatz endlich, ebenfalls intraabdominal, von zungenförmiger Gestalt, hatte seinen Sitz zur Hälfte in der Höhle des kleinen Beckens rechts, zum anderen Theile reichte er ebenfalls in das grosse Becken herauf.

Um noch des erfolgten Exitus lethalis mit einem Worte Erwähnung zu thun, so erlag die Patientin zweifellos der Septichaemie, die von der durch die Operation geschaffenen Wundfläche offenbar ausging; ein nicht Unbeträchtliches hat zu dem definitiven Ausgange gewiss auch die puerperale Endometritis und die von hier aus sich entwickelnde Lymphangoitis uterina beigetragen.

Die Beobachtung dieser drei in hohem Grade interessanten und seltenen Fälle fordert zu mancherlei Betrachtungen und Erwägungen auf, unter denen ich das meiste Gewicht auf folgende drei Punkte legen zu müssen glaube: auf die Anatomie, die Diagnose und die Therapie (Operation) dieser Geschwülste. Wir haben es in diesen Fällen mit einer anscheinend bisher noch nicht beobachteten, oder wenigstens, soweit ich aus der mir zugänglichen Literatur übersehen kann, nicht beschriebenen Form von Geschwülsten zu thun, die in der Höhle des kleinen Beckens ihren Ursprung nehmen, um im weiteren Verlaufe zum Theil nach dem grossen Becken und der Bauchhöhle herauf-, zum Theil nach aussen in die Damm- und Schenkelgegend hinabzusteigen. Ein für die Entwicklung von Bindegewebsgeschwülsten sehr günstiges Moment liegt jedenfalls in der normal sehr reichlichen Ausstattung der Beckenwand mit lockerem

Bindegewebe; hierzu kommt noch eine Anzahl statt-
licher Fascien, von denen ich hier nur anführen
möchte: die Fascia perinei superficialis et profunda
von denen jede einzelne nicht nur auf das Perineum
beschränkt bleibt, sondern vielfache Fortsätze in die
Nachbarorgane aussendet, und vor Allem die Fascia
pelvis in ihrer weitverzweigten Ausbreitung. Es
nehmen diese Geschwülste nun aller Wahrscheinlichkeit nach ihren Ursprung von dem lockeren, das Os
sacrum umlagernden Bindegewebe, sind also extra-
peritoneal. Weiterhin wachsen sie dann in der Richtung, in der sie am wenigsten Widerstand finden
und senken sich infolgedessen an der inneren Wand
des kleinen Beckens herab: von hier aus ziehen sie
zum Theil nach der Vagina und dem Labium majus
hin, wobei es gelegentlich zu einer Vordrängung der
seitlichen Vaginalwand kommt, zum Theil nach dem
Perineum hin. Endlich kann ein Theil derselben
längs der inneren Beckenwand heraufziehend und an
dem horizontalen Schambeinaste nach aussen um-
biegend, gegen die äussere Schenkelfläche hin weiter
wachsen. Sie sitzen anscheinend bald mit einem
dünneren Stiel, bald mehr breitbasig dem Peritoneum
auf; jedoch verwächst der Stiel mit dem Peritoneum
nicht in der Weise innig, wie etwa ein Carcinom,
wobei das Bauchfell an der krebsigen Entartung mit
Theil nimmt, sondern er ist an demselben lose be-
festigt, sodass er leicht und vollständig von ihm ab-
getrennt werden kann. Wird das Wachsthum und
die Entwicklung dieser Tumoren excessiver, so ent-

senden sie auch Fortsätze in das grosse Becken und in die Bauchhöhle, die sich soweit mit Peritonealhaut bekleiden, dass sie fast den Eindruck intraperitonealer Geschwülste machen. Hat die Geschwulst diesen Entwicklungsgang genommen, so wird natürlich davon die Rede nicht mehr sein können, sie aus der Becken - resp. Abdominalhöhle vollständig herauszuziehen.

Auffallend ist es, dass in allen unseren Fällen weibliche Individuen, die sich in der Blüthe der Jahre befanden, Trägerinnen dieser Tumoren waren. Dürfte es aus diesem gerade nicht sehr umfangreichen Material gestattet sein, irgend welchen Schluss zu ziehen, so könnte man geneigt sein, anzunehmen, dass das weibliche Geschlecht für diese Geschwülste prädisponirt ist; auch habe ich in der mir zugänglichen Literatur keinen ähnlichen Fall gefunden, der ein männliches Individuum betroffen hätte. Ob verheirathete Frauen mehr zur Entwicklung der in Rede stehenden Tumoren neigen wie Jungfrauen, das wage ich nicht zu entscheiden. Jedenfalls theilte der Tumor in dem von mir beobachteten Falle mit anderen die Eigenschaft, dass in der Gravidität ein beschleunigtes Wachsthum desselben stattfand; doch müssen auch hierüber erst noch reichere Erfahrungen und weitere Beobachtungen abgewartet werden. —

Die Aetiologie dieser Geschwülste ist noch sehr dunkel; ob man berechtigt ist, in dem ersten Falle das Trauma, das vor längerer Zeit eingewirkt haben soll, als Causalmoment zu beschuldigen, lasse ich unentschieden. — Wenngleich in den vorliegenden Fällen die congenitale Entstehung mit Bestimmtheit ausge schlossen werden kann, so wird man immerhin die Möglichkeit einer solchen bestehen lassen müssen, um so mehr, als andere, in ihrem Verlaufe analoge conge nitale Geschwülste beobachtet worden sind. Boehm[1] operirte eine congenitale Cystengeschwulst, die ihren Sitz in der Gesässgegend hatte; der Tumor reichte in diesem Falle, tief in das kleine Becken der Kreuz beinaushöhlung folgend, bis an das Promontorium.

Was nunmehr die Diagnose dieser Tumoren an langt, so kann dieselbe unter Umständen ausser ordentlich schwierig sein, wie dies schon auf Grund ihrer anatomischen Verhältnisse erklärlich ist. Man wird, um dieselbe festzustellen, in allen den Fällen in denen der Tumor seinen Sitz an einer Stelle hat wo auch eine Hernie vorkommt, letztere zunächst unter Verwerthung aller der für die Differential Diagnose wichtigen Momente, die ich in einem früher ren Abschnitt dieser Arbeit angegeben habe, aus schliessen müssen. Niemals darf es verabsäumt wer den die sorgfältigste Untersuchung per Vaginam und per Rectum wiederholt auszuführen, da es nur au diese Weise möglich sein wird, eine etwaige Betheil ligung von Uterus und Ovarien entweder zu consta tiren, oder zu excludiren; ausserdem ist diese Ex plorationsmethode allein im Stande, uns Klarhei darüber zu verschaffen, ob ein Stiel des Tumor a

---

[1] Bair. aerztl. Intelligzbl. 45.

das Peritoneum reicht, ohne mit demselben fest verwachsen zu sein, oder ob eine intraabdominale Parthie sich von der Geschwulst abgezweigt hat.

Die Frage, ob ein operativer Eingriff gestattet sei oder nicht, wird mit einiger Bestimmtheit in den Fällen entschieden werden können, in denen nach den durch die Untersuchung festgestellten Verhältnissen anzunehmen ist, dass der Tumor sich wird vollständig exstirpiren, respective dass sein an das Peritoneum reichender Stiel sich ohne Schwierigkeiten von diesem wird abtrennen lassen. Es trägt zur Verschlechterung der Prognose quoad Operation wohl kaum etwas bei, wenn man genöthigt ist, einen Theil des Stiels zurückzulassen; denn wenn dieser auch erfahrungsgemäss zur Necrose und zu nachfolgender Jauchung leicht geneigt ist, so dürfte letztere doch durch eine geeignete Nachbehandlung der Wunde wesentlich in Schranken gehalten und für das Leben kaum bedrohlicher Natur werden. Man wird in ähnlichen Fällen den Eingriff durch das Messer für die Zukunft um so weniger scheuen, als bei der nöthigen Vorsicht und Umsicht des Operateurs eine Verletzung von Peritoneum und Rectum wohl stets sich vermeiden lassen wird.

Weit schwieriger wird die Beantwortung obiger Frage, wenn man es mit Geschwülsten zu thun hat, die zum Theil extra- z. Th. intraabdominal sich entwickelt haben, und deren Totalexstirpation wohl ein kaum ausführbares Unternehmen wäre, weil sie sich vollständig aus der Bauch- und Beckenhöhle aus rein mechanischen Gründen nicht hervorziehen lassen, ganz abgesehen davon, dass die ausgedehnteste Verletzung des Peritoneums dabei nicht zu vermeiden wäre. Ich glaube, dass man am besten daran thut, unter solchen Verhältnissen sich solange jeden activen Eingriffes zu enthalten, als der Zustand der Kranken es gestattet. Würden sich die Beschwerden derselben stetig steigern, oder gar einen gefährlichen Charakter annehmen, dann wird man allerdings die Verpflichtung haben durch ein symptomatisches Verfahren, d. h. durch eine partielle Exstirpation, ihnen Erleichterung von den Leiden und eine erträgliche Existenz zu schaffen.

Was endlich die Nachbehandlung betrifft, so wird zuvörderst der jeweilige Operateur nach seinen Anschauungen darüber zu entscheiden haben, welche Methode der Nachbehandlung, ob offene oder antiseptische, er einschlagen will. Man hat es in diesem Falle mit einer lebensgefährlichen Wunde zu thun, lebensgefährlich deshalb, weil sie alle Eigenschaften einer zur Jauchung tendirenden, umfangreichen Höhlenwunde besitzt. Betrachten wir die topographischen Verhältnisse derselben etwas näher, so werden wir leicht einsehen, dass nach Exstirpation eines aus der Beckenhöhle herausbeförderten Tumors, die benachbarten Organe, Uterus, Rectum und Blase, sich den physikalischen Gesetzen gemäss in das dadurch entstandene Vacuum senken und somit die Wundhöhle mehr oder weniger abschliessen werden. Eine Retention der faulenden Secrete ist somit fast unausbleiblich. Wollte man die Höhle inidraren, um die Stagnation der Secrete in derselben zu verhindern, so würden sich elastische Röhren aus dem Grunde sehr wenig dazu eignen, weil sie bald durch die genannten Organe comprimirt und dadurch theilweise oder völlig undurchgängig würden. Durch metallene Drainröhren kann man diesem Missstande zwar begegnen, schafft dadurch aber eventuell die Gefahr, dass sie bei längerer Anwendung einen nicht unbedenklichen Druck auf die Wundfläche selbst ausüben. Der Senkung der genannten Unterleibsorgane und dem dadurch bedingten Abschluss der Wundhöhle könnte nur vorgebeugt werden durch die Einlegung fremder Körper, die das Klaffen der Wunde begünstigen, also z. B. durch das Ausstopfen der Höhle mit Charpie oder irgendwelchen anderen Verbandstoffen; aber auch in diesem Falle kann es sehr leicht zu unheilvollen Reibungen und Druckerscheinungen auf die Wundfläche kommen. Es wird also in Folge der anatomischen und mechanischen Verhältnisse eine Retention der Wundsecrete wohl kaum zu vermeiden sein. Es werden sich innerhalb der Wundhöhle bei dem schnellen Wachsthum der Micrococcen, in kürzester Zeit üppige Rasen derselben gebildet haben, und somit die Gefahr einer bevorstehenden Verjauchung und Zersetzung der Secrete unsere nächste Befürchtung bilden. Bei der Wahl der Nachbehandlungsmethode wird man sich also für diejenige zu entscheiden haben, welche relativ die meisten Garantien für die Verhinderung der Fäul-

niss bietet. Wir werden daher vor Allem bemüht
sein müssen, womöglich die Qualität der Secrete zu
verbessern, und wenngleich der Spray wahrscheinlich
nicht im Stande ist die Fäulnisserreger mit einem
Schlage zu vernichten und unschädlich zu machen,
so wird jeder unbefangene Beurtheiler auf der anderen
Seite wohl zugeben müssen, dass es einer von vorn-
herein angewendeten und consequent fortgesetzten
Antisepsis gelingen wird, die Fäulnissvorgänge wenigstens quantitativ, und auch wohl ihrer Intensität nach
in Schranken zu halten. Sosehr ich auch persönlich
weit davon entfernt bin, jede andere als die Listersche
Methode aus der chirurgischen Praxis zu verbannen,
so würde ich doch im gegebenen practischen Fall
für dieselbe mich entscheiden zu müssen glauben,
da gerade hier sich derselben ein Feld der segens-
reichsten und erspriesslichsten Wirkung erschliessen
dürfte. Eine gewisse Schwierigkeit wird der Oertlich-
keit wegen vorhanden sein, denn der Listersche Verband ist in seiner jetzigen Verfassung für die in Frage
stehenden Wundhöhlen nicht applicirbar. Vielleicht
ist es der Zukunft vorbehalten einen für diese Loca-
lität passenden Applicationsmodus ausfindig zu machen
ebenso wie es bereits gelungen ist für den Verband
an den männlichen Genitalien eine geeignete Modi-
fikation herzustellen. Es würden dann den unglücklichen Trägerinnen solcher Geschwülste in Betreff des
Verlaufs der Operation weit sicherere Chancen ge-
boten werden können, als dies bisher möglich war.

Zum Schluss erfülle ich noch die angenehme

Pflicht, Herrn Geheimen Rath von Langenbeck, der mir das Material zu dieser Arbeit in bereitwilligster und gütigster Weise zur Verfügung stellte, und in dessen Klinik zu famuliren ich zwei Semester hindurch die Ehre hatte, hiermit meinen verbindlichsten Dank auszusprechen.

THESEN.

1. In den Knochen eingedrungene Kugeln sind unter allen Umständen sofort zu extrahiren.

2. Bei der Behandlung des Lupus ist der scharfe Löffel am meisten empfehlenswerth.

3. Die Geburtszange darf nur in der Narcose angelegt werden.

Verfasser, am 22. October 1853 zu Sohrau in Oberschlesien geboren, erhielt seine Vorbildung auf dem Gymnasium zu Ratibor, das er Michaelis 1872 mit dem Zeugniss der Reife verliess. Im October 1872 wurde er in der medicinischen Facultät der Friedrich-Wilhelms-Universität zu Berlin immatriculirt, und hat hier seine ganze Studienzeit absolvirt. Am Ende des V. Semesters machte er sein Tentamen physicum, am 27. Juni 1876 bestand er das Examen rigorosum. Während seiner Studienzeit besuchte er die Vorlesungen und Kliniken folgender Herren: Bardeleben, du Bois-Reymond, Bose, Braun, Dove, Fassbender, Fraentzel, Frerichs, Hartmann, Helmholtz, Henoch, Hirsch, Hirschberg, Hofmann, Jacobson, Kristeller, v. Langenbeck, Lazarus, Liebreich, Löhlein, Martin, J. Meyer, Munk, Orth, Reichert, Schröder, Schweigger, Senator, Simon, Virchow, Wegner, Westphal. Allen diesen Herren, seinen verehrten Lehrern, spricht Verfasser seinen aufrichtigen Dank aus.